KB050363

긴 꼬리 연애

시작시인선 0430 긴 꼬리 연애

1판 1쇄 펴낸날 2022년 7월 12일
지은이 이성률
펴낸이 이재무
기획위원 김춘식, 유성호, 이형권, 임지연, 홍용희
책임편집 박찬세
편집디자인 민성돈
펴낸곳 (주)천년의시작
등록번호 제301-2012-033호
등록일자 2006년 1월 10일
주소 (03132) 서울시 종로구 삼일대로32길 36 운현신화타워 502호
전화 02-723-8668
팩스 02-723-8630
블로그 blog.naver.com/poemsijak
이메일 poemsijak@hanmail.net

ⓒ이성률, 2022, printed in Seoul, Korea

ISBN 978-89-6021-642-6 04810
　　　978-89-6021-069-1 04810(세트)

값 10,000원

긴 꼬리 연애

이성률

천년의
시작

시인의 말

해야 할
공부가 많다.

다행이다.

감사한 마음으로
뚜벅뚜벅 가겠다.

차 례

시인의 말

제3부

해　설

제1부

삼십 년 근속

아침 언덕에서 삼십 년간 버스를 탔습니다
비가 오나 눈이 오나 삼십 년간
반복하는 것은 기계가 하는 일입니다
월급을 타고 집을 마련하고 나이 드는 일이
돌아보니 기계적이었습니다
너는 말이 아니니 서울 가서 사람이 되렴
나를 유학 보낸 아버지는
기계가 된 자식을 알아보지 못해 임종이 편안했습니다
사람 노릇을 할 수 없는 나는 기일에 불효자가 됩니다
살 맞대고 동거해 온 펑크 난 수절
이 땅의 노동은 도무지 정이 안 갑니다
한 우물을 파는 것은 나를 가두는 일입니다

두 발 나무

아침 햇살이 출입문 손잡이를 누르면
구수하게 업무를 시작하는 원두가
오가는 사람 손짓을 한다
카페로의 초대는 집단 최면요법
지그시 등 기대고 앉아
마음이 자리하면 레드 선
흘러온 길 거슬러 간다
기억에 싹을 틔우고 가지를 뻗고
옹기종기 이야기꽃 피우는
태초엔 인류 향기 나는 열매였다
녹음이며 가지며 품 넓은 이웃이었다
볼품없이 우수수 전지당한 족속
길거리나 공원 바닷가의 골방에서
벌판의 나무처럼 생각에 잠길 때 많다
한때의 숲 창밖을 지나간다
벌목당한 남녀가 화요일을 벌채하러 간다
끊임없이 과거를 뜨겁고 차게 식목하는
커피는 분위기와 취향 홀짝이지 않는다
차별에 항체가 없는 두 발 나무는 변종 바이러스
잠시 다녀가는 몇 모금의 인연이어도

내일이 진하게 우러나면 좋겠다고
입술 맞추거나 손잡으며 모락모락 토닥인다
얼룩처럼 아뿔싸 죄에 물드는 사향고양이
거리로 사무실로 테이크 아웃 보낸다

사랑은 청설모나 하라지

꽃무늬 물병에 앉혀 놓은 고구마
고구마가 그녀를 바라본다
파인 가슴을 애무하려는 듯
풍만한 엉덩이 어루만지려는 듯
길쭉하게 뻗어 가는 초록 손
그녀를 보고 군침 흘린다.
서로 군침 흘리는 일은 우아한 동맹
고마운 그녀 붉게 바라본다.
그녀에게 침 흘린 사람들
부도나자 일찌감치 떠났다.
눈치를 못 챌 뿐
관심이나 기대는 금이 잘 간다.
날개를 숨기고 때를 기다리는
직장과 지인과 동창회는 철새 군락지.
다음 생엔 고구마로 태어나야지
둥글게 몸을 마는 고시원의 그녀.
작업에 걸린 예순두 번째 생일.

새 출발

그간 세 들어 산 나를

늦기 전에 내보내기로 했다

사흘 휴가 내 시작한 짐 정리

터줏대감처럼 굵직한 자리 지킨

굳은살 밴 편견과 지조 없는 개똥철학

줄창 지지한 정당과 짝퉁 일상 묶는다

찬장과 서랍과 침대와 장롱 밑

여기저기서 내미는 오래된 얼굴

나는 흠가고 해지고 먼지 앉은 자질구레였다

놔두면 쓸모 있을까 없을까 길어지는 고민

마음은 여는 것보다 닫기가 어렵다

홀가분하게 살고 싶은 적 많았던 한숨

구석구석 거미줄에 걸려 있다

자주 길을 잃은 곳 집이었다

끝도 없이 물어 온 집착

으르렁 지킨 나는 넥타이를 맨 개

2.5톤 이삿짐 차 조수석에서

낯익은 남자가 손 흔들며 간다

새로 들일 세입자 이번엔 여자다

달콤한 경청

쟁반 위의 사과
마주 앉아 새하얀 인터뷰 한다
사각사각 들리는 말
달콤한 경청을 한다
온몸으로 매달려 빚은 생애
건성으로 듣다 혀 깨물리지 않게
사색이 되어 캑캑거리지 않게
꼭꼭 새겨 넘긴다
소리에 단내가 나는 새들
날개를 두 손 공손히 모으고
경전처럼 사과를 머리 조아려 쫀다
귓등으로 어물쩍 놓치는 문장이 없다
사과가 귤보다 무뚝뚝하다는 건 오해다
누구나 가슴엔 슬픔이 한 질이다
사과를 들고 오물오물 대하는 큰스님
맛있다거나 잘 먹었다 하는 법이 없다
언제나 잘 들었다고 말씀 내려놓는다

구면

첫째 아들이 며느리에게 차였다
부슬부슬 비가 올 것 같은 오후
우산을 챙겨 오지 않아 다행이다
챙긴 게 많아서 탈이었던 날들
오랜만에 하늘을 자주 본다
지구의 천장이 저리 가까웠나
무늬 놓는 새들과 구름
언제 관심 주었는지 흐릿한 나는
하늘과 구면이라 할 수 없다
잘 알지도 못하면서 안다고 하는
동료와 소문과 이해와 사랑처럼
아들을 오해한 시간 먹구름처럼 많다
후드득 빗소리 쏟아진다
며느리는 우산 갖고 있을지
흥건한 거리에 비 맞는 첫째가 많다
월요일엔 월요일에게 집중해야겠다

다섯 평 과수원 노인

우리 동네 과일 가게 노인은
사십 년 뿌리내린 출근을 하면
다섯 평 노구의 과수원
안경 들어 올려 주섬주섬 살핀다.
무탈해 보이는 것은 관심이 게으른 탓
눈높이 허리 굽혀 귀 기울인다.
시들시들 밑동 말라 가던 덤불진 생활
단맛 내는 비결 과일이 알려 주었다.
삶은 눈먼 원두막 같은 것
아직 모종할 공부가 많다,
이랑마다 반질반질 다짐을 하고
이른 아침 막을 올리는 무대
제철 배역 맡은 참외댁 수박 씨 딸기 양이
노랗고 파랗고 빨갛게 들려주는 이야기
아귀를 맞추면 당도 높은 연륜이 된다.
응달 줄기 따라 주렁주렁 진열한 계절이
달고 싱싱하고 푸르른 트로트에 실려 간다.
점심 둔덕을 넘어 삼거리 탐스럽게 익어 간다.
톡 토옥 장단 맞춰 흐르는
노인 손등의 검붉은 물관

손님 맞아 아삭아삭 말씀의 과즙 건넨다.

노인의 꽃눈 덤으로 봉지에 담긴다.

내일을 뒤적이다

사는 게 뭐 그렇지 싶을 때
버스를 타고 새천년장례식장에 갑니다.
가장 쓸쓸한 빈소를 찾아
살아온 날을 조문합니다.
처음 보는 영정 속의 그녀
마흔은 되어 보이게 웃습니다.
서로를 알아보는 데 긴 시간이 필요한 건 아닙니다.
저 웃음 덕에 환했을 단칸방
국화꽃 한 송이 건네고 듣는
그녀의 이야기 낯이 익습니다.
살아온 이야기 꼭
장막극이어야 할 까닭 없습니다.
살아 있는 일흔보다 넉넉한 얼굴로
요단강 건너고 싶은 그녀
그녀 따라 수의 입혀 보낼 것 없는지
내일을 끔벅끔벅 뒤적입니다.
파리한 치마저고리에 까맣게 슬픔을 걸친
아홉 살의 누리
누리에게 오래도록 외삼촌으로 있다 왔습니다.
살아서 죽어 사는 날 많은
우린 유서 깊은 유가족입니다.

겨 묻은 개의 힘

사각팬티를 거꾸로 입었다
여느 때처럼 개운했다
뒤집어 입힌 손과 직무유기한 눈처럼
눈치채지 못했으므로
엉덩이와 아랫도리 떳떳했다
엘리베이터의 줄이 간 검정 스타킹
상사의 삐져나온 코털 눈에 잘 띄었다

어느 날 유난히 잘 보이는
겨 묻은 개의 힘
그 힘으로 때로는 치마를 입는다
스님처럼 박박 머리 민다
알몸에 천 걸치고
출근을 하고 조깅을 한다
울적하면 사나흘 무단 여행 갔다가
편견을 세척하고 마땅히를 환승하고
똥 묻은 개 와락 안아 준다

조각상

실물 그대로 빚은 내 조각상
거실 창가에 두고 본다.
자식들은 나보다 조각상을 편안해한다.
어느 날 아내가 선물한 독일제 조각칼
피치 못할 일은 바다를 건너온다.
자정 넘어 틈틈이 조각칼 들고
나잇값 못 하고 산 얼굴과
헛물켤 때 많았던 손
툭툭 깎아 낸다.
쳐 낼수록 날씬해지는 지난날
잘못 빚은 사랑과
함부로 저당 잡힌 약속
오남용한 시간과 오판한 내일
마저 다듬는다. 지레 놀란
천오백 시시의 허세와 두 근 반의 교만
등골에서 나와 현관 나간다.
음모처럼 수북한 비밀과
달랑 불알 두 쪽 남는다.
영락없이 아담의 것이다.

안녕, 기린 씨

이 층 창문 열어 놓은 네모난 밤
골목을 지나가는 기린
여행 가지 않겠냐고 묻는다.

안 돼, 거리 두기 4단계
집합 금지 기간이야.
백신 이상 반응처럼 창백한 대답에

그 슬픔의 배후가 너희지.
뜨끔한 말 기다랗게 쥐여 주고
얼룩덜룩 무전여행 가는 순한 이웃.
오랜만에 지구 이야기 스마트하게 나눈
안녕, 기린 씨.

관계

흰옷을 입고 너를 만나러 간다
너는 검은 옷을 입고 기다린다
생각을 몇 번 뒤집어 입으면
흑이 백 될지 신호를 기다리다
대중목욕탕의 순한 알몸 떠올린다
횡단보도에 진을 친 양 진영이
하나둘 옷 벗고 탕에 들면
겹겹이 씌운 굴레로부터 벗어난 몸이
입으로 전하는 아, 시원하다는 몸부림
초록불이다 우르르 쏟아져 들어가는 맹목
오해와 오독으로 서로를 빵빵거리는
논리에겐 귀담아 들을 귀가 없다
따박따박 너에게 가는 동안
선글라스를 쓴 애매모호가 많다
사거리를 노랗게 경찰차 휘젓고 간다
세계는 걸친 것과 그렇지 않은 것의 겨울나기
맨몸의 비둘기가 시계탑을 뒷짐 지고 돌 때
네가 만지작거렸을 흰 것과
내가 만지작거렸던 검은 것을 뚜벅거린다
무슨 일 있냐고 해쓱하게 네가 묻는다

나는 구구구 가볍게 날갯짓한다

2022년 3월 9일

까맣게 들떠 있는 너에게

언제까지 검정일지 토 달지 않기로 한다

제2부

긴 꼬리 연애

배다리 헌책방에서 사 온 책
1963년 1월 25일 발간
세월의 나이테 누렇게 바래 있다.
여우재 김 씨 서인천 박 씨 쑥골 이 씨
몇 고을이나 거쳐 왔을까
손자국 머문 자리 가만가만 따라가면
개울을 넘고 전찻길 건너
자박자박 서점 오는 검정 고무신
두루마기 새하얀 버선 보인다.
첫눈 오는 날 창밖에서
까만 제목들 사락사락
흰 저고리에 담아 가는 여학생
박경리와 김 약국의 딸들 빠끔 내다본다.
서책을 함께 넘기는 시간의 뜰
나는 교회당 처녀와 능허대를 산책하고
제물포 여선생과 풍금을 울린다.
꼬리가 길거나 문란해도 좋은
내 연애는 들통날 염려가 없다.

묘비명

인천가족공원의 새내기인
그의 묘비명
'돈과 마누라에게 혼쭐나고 가다'는
막걸리처럼 솔직하다.
대자로 누워 있는 생몰 연도
들여다볼수록 거나하게 시큰하나
이웃에 동지 많을 테니
막잔처럼 읽히지 않는다.
시간 되면 종종 삼거리주막 들르시게.
잔 따라 놓고 돌아오는데 꺼억!
그의 트림 소리 들린다.

풍경

일 년에 몇 번 그녀는
고해성사를 손님에게 한다
술잔의 손등 왼손으로 붙들고
내가 미쳤지 미친년이지 한다
어떤 노인은 주임신부처럼 들어 주고
어떤 아재는 미친놈으로 장단 맞춘다
술을 한 모금도 못 한 어머니는
그 말 삼천 배를 하고
사리 많은 보살이 되었다
어쩐지 그녀 도마에서 한숨을 칼질하거나
창문에 뿌옇게 매달려 덜컹거리는 중년
물끄러미 바라볼 때 낯이 익었다
젓가락 쥐고 뽑는 가락
구슬프게 향내가 난다
어미 팔자 반대로 살라고
지구 저편으로 입양 보낸 딸
취기가 자정을 넘어가면
흥얼흥얼 흘러나오는 가슴속 염불
나는 산문이 닫힐 때까지
손찌검 사나운 남편으로 앉아
목탁이 된다
출입문의 목어 경청을 한다

일편단심

그는 평생 왼손잡이를 싫어했다.
버릇처럼 몸에 익어 편하면 그뿐
이유는 중요하지 않았다.
예수가 오른손잡이라는 확신이 없어
손가락질하거나 작당을 하거나
오른손이 하는 일 왼손이 알게 했다.

노란 생각만 하는 교수가 주황을 공격했다.
동쪽으로 간 여배우는 도로를 점거했다.
누구에게나 있는 화풀이 대상
불리할 것 없었다.
학연이고 지연이고 오른손잡이면 갑이었다.

어느 날 주눅 든 왼손이 그의 머리 겨눴다.
왼손잡이에게 일편단심이었던 집착
일생이 탕! 서늘하게 읽혔다.
사람들은 오발 사고라 했다.

너에겐 냄새가 없어 좋다

둘레길에 소복이 내린 눈
두 손에 고봉으로 담아
큼큼 냄새를 맡는다.
일찍이 우리
너처럼 눈부시게 왔으나
열에 여덟 끝이 좋지 않은 건
처음에 드러내지 않은 냄새
슬슬 피우기 때문
말을 바꾸거나 발톱을 드러내거나
마음에 딴살림 차리기 때문.

눈사람이 되고 싶은 아이들 몰려나와
재잘재잘 하얗게 눈을 만다.
무릎까지 배꼽까지 아이들 눈이 된다.
으르렁 붙들려 온 목줄의 업보 끊고
펄펄 날고 싶은 멍멍이
멍멍이보다 죄가 많은 나는
두 눈과 입, 눈에 내려놓고
뽀드득뽀드득 세척을 한다.
새하얀 몸들 반짝반짝 수런거린다.
놓칠세라 귀 기울여 송이송이 듣는
어머니 사십구재 날.

사소한 것들

삼십 분이면 가는 길
두 시간 걸릴 때 있다.
소소하게 넘어가던 날들이 어느 날
뒷덜미를 잡고 길 터 주지 않는 날
식탁의 모서리가 정강이를 걷어차고
물이 캑캑 목젖 물고 늘어진다.

사소함은 언제 발톱을 드러내는가.
노동의 이름은 대출이어도 좋고
야근이어도 무방하겠다 싶은 술잔에서
발톱의 뼈대가 울컥인 것을 본다.
줄창 노동자였던 아버지는
직장과 거리에서 오랫동안 사소함이었다.

한 가닥의 말이 하루를 꼬이게 하고
이별에 가속페달을 밟게 하고
사소함이 사소함에 그물을 치는
주목받지 못하는 것들의 단단함
촛불 집회의 뒷심 같은 저 급소.

누구이든

문을 단단히 걸어 잠근 침묵이
무엇 때문에 치는 아우성인지
듣고 싶은 문밖의 사람은
문고리에서 손과 입과 귀
멀리 내려놓아야 합니다.
속 깊은 이야기엔 시간이 필요합니다.
문안의 그가 누구이든
우린 닫힐 때가 많은 문입니다,
공간마다 걸어 잠글 문 내야 안도하는.
당신은 그의 신발을 신고 침묵의 옷 입고
그가 다닌 길 터벅터벅 가야 합니다.
수척한 길 뒤적이다 시큰 짚이는 상처
저물 무렵 공원 의자에 앉혀 놓고
마음이 닫힐 때까지 걸렸을 시간
웅크리고 들여다보아야 합니다.

네가 얼마나 소중한지는

네가 얼마나 예쁜 나무인지는
꽃이 피어야 안다.
무더운 여름 이웃들에게
얼마나 해맑은 그늘 선물할지는
잎 무성해져야 안다.
그러나 네가 얼마나 소중한지는
기다리지 않아도 안다.
존재하는 것만으로 너는
이미 울창한 숲이다.

돈 돈 돈

가족을 위해 한몫 잡으려고
어떻게든 돈줄에 줄 서는
아버지는 가 주세요
아들딸이 앵벌이 시킨 것 아니잖아요
못난 것도 아린 것도 쓱쓱
비벼 먹은 유구한 핏줄
철 지난 젓가락 장단처럼 흘러가네요
출출한 단칸방에 키순으로 누워
깔깔거리던 배부른 꿈들이
돈 돈 돈 입에 문 신도시 몰려가네요
치마끈 불끈 젊음 유산시킨 어머니
자식 운운하지 마세요
어미 아비도 몰라보는 낮술이 돈인걸요
잔말 말고 시킨 대로 따라온 길
피차 성형하기로 해요
분가하면 랄랄라 더치페이해요

막노동 사람들

모 여자 연예인은 성형 걸레
모 정치인은 개자식 되는
막노동 사람들의 술자리
공사장 벗어나도 못질할 일 널렸다.
한숨을 입에 문 담배 연기
기둥을 세우고 창문을 내도
부실 공사 일색인 가족사는 금기.
얼마나 바지런히 계절을 져 나르면
동맥경화에 걸린 가난한 일터
온종일 뼈 빠지게 풍족한
땀과 톱질 삽질과 홀대
속 시원히 준공될까.
세상의 모든 집 쌓아 올려도
리모델링되지 않는 살림살이
얼큰하게 위로받을까.
소주 처방전 없이는
잠 못 드는 근육통
캬! 힐링을 하는 육두문자.

개성

장미꽃이 한껏 뽐내거나
백합이 올망졸망 수런거리는
주목받는 화단이 아니어도 좋다.
강아지풀 꼬리 흔들고
지나가던 꼬마 먹다 버린
참외 씨에서 손 내민 노란 꽃
하얀 민들레 수더분한 풀들
오다가다 살 붙이고 사는
우각로의 자투리땅 다문화 가족.
찰칵!
스마트폰 배경 사진으로 올리는
캐나다에서 온 파란 눈의 그녀.

평화를 위하여

"지구는 곳곳이 지뢰밭이야."
그가 말했다.
"내 말이."
나는 장단을 맞추었다.
그린피스 회원처럼 나란히 앉아
어휴!
우리는 담배를 피웠다.
발갛게 달아오른 한숨 꽁초처럼 눌러 끄고
그와 나는 포탄 조립하러 작업장으로 갔다.
무심코 따라오던 흰나비 항로를 돌렸다.

제3부

오산

지리산을 떠나 배를 탔다.
데려간 미련이 없어
편안했다.
서리가 노고단 상고대처럼 다녀가고
오래도록 멀미를 했다.
가라앉을 만하면
다시 단풍이 드는
바다도 산이었다.

인천대공원 가는 길

장수천 따라 인천대공원 가는 길
시골길처럼 여백이 많다.
생각의 뒷짐을 지고 살랑살랑 가다 서면
앞장서 가던 길이 돌아보고
소래포구부터 일행인 고추잠자리
냇물에 앉아 졸졸졸 목을 축인다.
달에 한 번씩 한 해 다녀가면
마음이 열두 폭으로 채워지는
장수천 가는 길에 세한도 있다.
사시사철 묵묵히 창 열어 놓고
지나가는 봇짐장수 나물 캐러 오는 아낙
삼시 세끼 반겨 주던 관모산
정좌한 추사 닮아 있다.
코스모스 한들한들 소탈한 수채화 길
천변에 서서 탁본을 뜬다.
지팡이 앞세운 김삿갓, 만수천 들러오는 고산자 보인다.
동학 농민 철썩철썩 밀물져 온다.

일 촌

나눠 준 자비가
한 그루의 배꽃만큼이어도
한 가지에 핀 꽃잎만큼이어도
당신은 사랑입니다.
아름드리가 아니라도 사랑의 품은
지구를 푸르게 합니다.
무엇보다도 당신은
예수와 일 촌이 된 겁니다.

오렌지들이

이마트 과일 코너 오렌지들이
사람들 눈길 수북이 둘러놓고
작업 걸어오는 이 손 저 손
인연이 아닌 것들 사양하다
캘리포니아산 몸매와 때깔로
코 붙들어 속궁합 보다
진열대의 먹이사슬 글로벌한
화려한 빈곤의 정글
카트 타고 구경 다니다
노랗게 뒤척이는 말

근데 고객들은 알까
저희도 마트가 기획한
상품이라는 거

그곳

점심엔 으레 3,800원짜리 국밥
어석어석 깍두기 곁들였다.
입 안에 시큼, 시간의 단물이 고였다.
욕심이 가난한 지갑 덕분이었다.
단물이 밴 가슴은 눈이 밝다.
후루룩 다독이며 이마 땀 훔치는
다진 양념 같은 일용직들
머리 허연 틀니, 새우젓 같은 잠바들
우린 얼큰한 동지다.
그 마음으로 의병을 하고
해방과 육이오를 치르고
촛불을 들었던 그곳,
일터 돌아가 바닥을 다진다.
일용할 임무 바리케이드를 친다.

2016. 어느 봄날

논밭의 소가 일평생 시달리는 것은
아침저녁으로 되새김질하는 노동이 아니다.
이랴!에 멍드는 가슴이다.
드넓은 세상 어디나
이랴!가 아니면 워워!인 길
우직하게 갈 길 가면
철커덕 채우는 고삐.

아파트 옥상에서 뛰어내린 여고생
소의 눈 닮아 있었다.

인맥 쌓기

중학교 2학년 때 동네에서 만난 유한철
우린 삼십 년 지기 불알친구다.
어쩌다 그에 대해 누가 물으면
나는 그의 비밀 열세 가지와
아픔 아홉 가지를 또박또박 알지만
잘 모른다고 손사래 친다.
한 사람을 알고 지낸 삼십 년은
아직 그의 전반전밖에 못 본 것.
발이 넓다는 건 부끄러운 일이다.
국밥 한 그릇처럼 말아
지인을 뚝딱 맛보는 것이다.
첫눈 오는 날 부평역 5번 출구에서
기다리는 골동품 우정
알근한 감정 받으러 포장마차에 간다.
올겨울엔 그간에 알딸딸하게 들은
그의 하나님이며 첫사랑이며 돌아가신 아버지
옆자리에 모셔 와 인맥 삼아야겠다.

바야흐로

난 너를 모른다
너도 날 모르지
다 · 행 · 이 · 다
덕분에 우린 서로에게 평안했다

자식은 무럭무럭 엄마 아빠 몰라야
실망이 없다
알수록 이웃 간에 풍년인 게 소문이다
사시사철 사람들이 알아서 다투고
알아서 틀어지고 알아서 배신하는
우주에 지구만큼 멍든 별이 없다

푸르른 오월 파뿌리 될 때까지
서로를 알려고 속속들이 기 쓰는
바야흐로 결혼의 계절이다

차이

나는 튤립이고
너는 할미꽃이었다.
지나고 보니
두 시든 꽃이었다.

웃음의 항로

응봉산 철썩철썩 넘어가는
항만 노동자의 어둑한 귀갓길.
언덕 아래 창문 넘어
깔깔깔 밀려오는 아이 웃음소리
골목길 환히 밝힌다.
뿌! 뿌!
출력을 높이는 신발
구불구불한 화평동 항로
순항을 한다.

실은

인천의 하늘엔 드넓은 바다와
백육십팔 개의 섬이 있다.
뱃멀미가 심한 나는
달에 한 번 하늘 섬 기행 다닌다.
귀 밝은 사람은
연안부두나 북성포구가
철써덕철써덕 귀띔하는 말
흘리지 않고 받아 적는다.
별주부전도 심청전도
그렇게 뭍으로 나왔다.

서로 사과할 일 없다

부엉이에게 잡혀 온 들쥐
억울하지 않았다.
찌이익 찢기는 어깻죽지
예비된 시간이
푸드덕 날아올랐다.
궤도를 수정해
가는 길

숲에 새살이 돋았다.

제4부

코로나 19로 마스크 벗은

공중전화에서 거는 전화처럼
삶은 그렇게 다녀가는 것을
따르릉 한 생애 울리는가 싶게
뚜우뚜 한 생애 저무는 것을
미처 준비 못한 마흔둘의 동창
영정에 당황한 표정 역력합니다.
국화꽃 한 송이 향불 건네고
우리는 액정 화면 밖 이승에서
동창은 액정 화면 속 저승에서
나직이 눈 마주칩니다.
무어라 말하는 그의 눈
알 듯 모를 듯
우리는 시야를 두어 걸음
사회적 거리 두기 확보합니다.
문자와 이모티콘으로 나눈 대화에
서로를 오래 길들였으므로
눈 보고 지그시 앉아
서로를 노래한 적 없으므로
마음의 거리 적당히 유지합니다.
지인의 눈도장 인증 샷 하고
눈치껏 카톡 방 물러납니다.

장례식장을 나서며

사랑할 대상이 있으면 그것이 로봇이든 가상이든 삶은 작업 걸어 볼 만합니다. 서두르지 않으면 일도 다툼도 영양식입니다. 관음도 노출도 눈치 볼 필요 없는 생의 패키지입니다. 지인에게 부고 알려질 때까진 실연이든 폐업이든 까였다 생각할 일 아닙니다.

지구를 다녀가는 사람들이 오늘도 밤하늘의 별로 이주를 합니다. 수속을 마칠 때마다 별이 반짝 통과를 시킵니다.

그대의 순결 지수는

담장 아래 누렁이 둘
교미를 한다.
죽도록 사랑한다는 말
나만 믿으라는 말 없다.
서로에게 드리는 몸의 공양
고양이 못 본 척 돌아간다.
무한 리필 부킹 여대생 마사지
오가는 구두 반라의 전단지 흘깃거리고
모텔로 드나드는 자가용
사랑은 아무나 하나 킬킬거린다.
때가 아니면 밤을 새워
컹컹 짖어 온 절제
자식들 꼬물꼬물 잉태시키려
아랫도리 내놓은 자비
샘난 노처녀 스마트폰 꺼내고
약 오른 과부 돌 집어 드는
이곳은 불타는 금요일.

아집

평생 즐겨 온 낚시
다음 생에서도 하겠다는
인기 연예인.
저승 가서
빠끔빠끔 순한 목숨
사냥하려나 보다.
미끼로 바늘 연출해 놓고
물속의 착한 팬
짜릿하게 낚아 올리는 흥행의 맛
스포트라이트 화려한 갑의 중독
회당 출연료 수억의 양극화처럼
손보기 싫단다.

집단 따돌림

바삐 진도 빼는 선생과
시험에 나올 비유와 문법
영어처럼 외우는 학생 넷
유서 깊은 부모 버전이네.
책상에 엎드린 나머지
빛나는 주입식 주량에 취해
관동별곡 베고 주무시네.
장철이든 안동별곡이든
너나 잘하세요 하네.

인세 한 푼 없이
교육 당국의 시험에 든 정철
또다시 유배당하네.
조선 땅 금강산이 질질
침 고문당하네.

말 배우기

발끈해서 날려 보낸 면박
K로부터 대답이 왔다
면전에서 디지털하게 받아치는 대신
가슴에 품고 사나흘
곰곰 한나절 씻기고 입혀
말랑말랑하게 보내온 말의 힘
조곤조곤한 고향의 어머니 생각났다
안개나 먹구름 걷힐 때까지
축축한 말 시간에게 말린
느림의 경쾌한 말가림
입이 걸어 객지 떠돈
고모부는 풍 맞고 어른 되었다
둘러앉아 예능처럼 댓글처럼
제멋대로 겉절이하는 말
우리는 말 많은 학교와 직장
사회를 잘못 다녔다

4월

일용할 연장을 들고 일터로 나간
아버지가 타 온 급여의 반은 한숨이었다
어머니는 그것을 껍질 벗기고 채 썰어
빨래터나 텃밭에서 알뜰하게 나눠 쓰는
외할머니의 잔주름 가득한 재주 받아
두 평 반 전세방 간간하게 요리했다
아버지는 되새김질하는 버릇 들이느라
밤새 뒤척일 때 많았다

아버지가 타 온 반의 한숨
유산이 된 2020년 4월
상속 거부한 오빠는 정치인 되고
달게 받은 나는 국밥집으로 출근한다
지갑의 반에 한숨이 접혀 있는 사람들
오전부터 국밥집 만석이다

홍어 거시기

모 정치인이 한 말 홍어 좆
여운이 씁쓸한 것은
두 번 세 번 곱씹어도
동해물과 백두산이 마르고 닳도록
우리가 홍어 좆인 때문
바짝 세우고 들이밀어 봐야
얼마 못 가 흐물흐물 나가떨어지는
정치권 밖의 우리는 홍어 거시기
그런데도 꾸역꾸역 버티는 것은
그런 줄도 모르고
무럭무럭 자라는 팔도의 치어
학벌과 진영과 스펙 쌓아
대한 사람 대한으로 길이 보전해야 하기 때문

목욕탕에서

이젠 끝내자는 말
죽어도 맞다는 큰소리
그럭저럭 묻혀 가나 했더니
빈말 되어 귀지로 뭉쳐 있다.
안티 팬도 없이
나이 들수록 밀려나는 느낌
왜 드나 했더니
엑스 파일 따로 있다.

살살 다루어야 할
말의 칼날.
귀이개로 증거인멸을 한다.
누가 볼까 봐
황급히 감춘 부끄러움
시원하다는 건 환청이다.

국민 밥상에 풍성하게 차려 놓는 공약空約
정치인의 귓밥은 얼마나 쇠 같을까.

그

어느 날부터 말수 줄였다.
덜어 낸 말만큼 가벼워진 머리
더부룩한 날이 날씬해졌다.
상대 만나 입맛 따라
생각에 기름칠을 하고
주름 세우는 일 그만두었다.
말 토닥토닥 들어 주고 끄덕이고
미소 홀짝홀짝 곁들이는
관계의 레시피
서류 정리처럼 뒤끝 개운했다.
침묵에 단청이 드는 나날
사는 데 많은 말
필요하지 않았다.

과식

그곳에 있는 동안
챙기지 못한
이곳

쾌청하다.

나 없어도 문제없이 굴러가는
직장과 동호회 맘 카페인 것을
주제넘은 걱정
나만 과식했다.

가을과 걷는
자리 내준 단풍나무 아래서
붉게 몇 잎 철이 든다.

친구

숲속 화장실에서 소변보는데
옹달샘에서 다람쥐 세수한
반달곰 옆에 와
고추 가리고 볼일 본다
안 볼 테니 시원하게 누렴
스을쩍 보니 내 것만 못하다
갑자기 내 오줌발 고개를 든다
지퍼를 올리는 동안
엉덩이를 부르르 떠는 곰
잘 버티렴 또 오렴

수위 조절

사나흘이나 일주일
보름에 한 번 머물까 말까 한
우리 집 베란다는
국민은행 신촌점 것이다.
그만큼을 방생하면 배부른 집
다달이 이자 뜯기는
나는 대출 유목민.
1년에 두어 번 남 보일까 말까 한
넉넉한 공간 채우느라
철 지나면 촌스러운 유행에 낚여
예산 낭비 전시 행정이다.
그나마 다행인 것은
3년 할부 외제 차 타고
해외여행 흘리면
위아래 옆집 호수
자기네 종족으로 본다.

문패 없는 마을

자정 무렵 을지로 지하도
간이 둥지를 마련하는 사람들
박스 덮고 팔다리 개켜 넣는다
서울에서 문패가 가장 겸손한 마을
지붕마다 노랗고 붉은 과일 익어 간다
1호집 지붕엔 충주 사과 2호집 지붕엔 제주 감귤
3호집 지붕의 성주 참외 4호집 지붕의 강화 단감
좌판 즐비한 팔도 야시장이다
자정이 넘어도 귀가할 줄 모르는
아내와 아들이 사시사철 출가한 집
어둠 속 앙상한 손마디 움찔움찔
방문을 열고 거실의 시계 본다
아들 마중을 나가고 출근을 하고
마트와 중국집 나란히 간
운동화 셋 어디서 길 잃었을까
또박또박 섣달그믐을 입고 오는
대문 밖 인기척
눈먼 그리움 쫑긋 귀를 연다
백 년 만의 한파 몰려와
허기진 장터 꽁꽁 북적대는 밤

웅크린 뼈들이 눈꺼풀을 달싹인다
쿨럭! 사레 걸리는 살얼음 꿈길

108호

끝방이 보름 만에 발견되었다.
여인숙 허름한 항구에 뿌리내리지 못한
늙은 배 떠나갔다.
사는 동안 사람에게
유기된 적 많아
출항을 알리거나 기적 울리지 않았다.
오래전부터 그의 삶
한 달씩 계좌 이체되어
가지런히 남겨 놓은 장례비와 월세
묵묵히 기다린 보름은
긴 시간 아니었다.

독립운동하고 받은 빛바랜 훈장
더는 못 볼 모양이다.

제5부

이별 답장

우리 사랑 배달 사고였다고
잘못 요리된 사랑이었다고
핼쑥하게 문자 보낸 당신.

미안해하지 마라.
마른 꽃도 예쁘다.
떨어져 있는 산이 단단하다.
지나고 보면 한때인 일
괜찮다 다 괜찮다.

아라뱃길에서

아라뱃길 정자에 앉아
흘러가는 가을을 본다.
이 자리에서 작년에도 보았다.
내년에도 보고 싶다.
나는 더 나를
낯설게 만나야 한다.
갈대처럼 어깨의 힘 빼고
모난 구석 노랗고 발갛게
단풍 입혀야 한다.

뒤늦게 안녕

개울물 소리에 졸졸 귀 적시면
발이 쫑긋한다. 바짓단 걷어
물장구 못 치고 보낸 세월
능수버들은 하늘을 높이 품고
개울은 맑게 뿌리내렸다.
첨벙거리고 싶을 때 많았으나
타향은 오래도록 가뭄이었다.
청춘이 길을 잃고 사랑이 연락 두절이었다.
발가락 수로 오고 가던 피라미들
은빛 동지 두고
무늬만 고래로 살았다.
작고 늘씬하고 청빈한 몸들이
눈부시게 안녕, 한다.

고삐를 더

나를 불쑥 놀라게 하는 나이
스물이 엊그제 같은데 쉰이라니
대체 그 많은 걸 언제 먹었나
깡그리 필름 끊기게 뭔 짓을 그리 자셨는가
먹긴 먹었는데 지불하고 싶지 않은 계산서
같
은
지팡이 걸핏하면 던진다, 노인들은
숙취가 길 것 같다고 희끗희끗 귀띔하는 새치
기 써 봐야 소용없다고 하우스에 불 낸 귀농인
시치미 떼고 산비탈 밭두렁을 걷는다

나는 잠시 다녀가는 이 행성의 손님이다
나이 들수록 방목하고 살아야 하는 마음
뱀딸기의 이웃이고 너구리와 동행이다
가뭄 다녀가고 냉해 온다는 기별
고삐를 단단히 푼다

보통 사람

학교에서 주는
상장 보기를 돌같이 한다
될성부른 나무는 앞지르지 않기
학교보다 숙제가 많은
사회에선 잔업 단골이다
꽃 축제의 들러리
모종 포토 화분 같은
이름 없이 다녀가는 무명 꽃
발톱 드러내지 않는다
지구의 페달 묵묵히 밟는다

이별

고맙다는 말은커녕
잘 가라는 인사도
폼 나게 하지 못했다.
미안하다고 고생 많았다고
마음을 탁본한 엽서 몇 줄
수척한 일기라도 안길걸
초면인 새 하루에게
오늘도 나는 무례했다.

소망

이 땅에 올 때처럼
떠날 때도
어머니 있으면 좋겠네.
하느님 휴가 받아
먼 길 마중 오면
말씀의 모유 달게 먹으며
사붓사붓 어머니 업고
가는 집들이 배부르겠네.

참새들의 합창

주안성당 길 옆 은행나무
노랗게 미사포 두른 참새들이
포르르 일어섰다 앉았다
주일미사 드리느라 소란하다.

한평생

새벽녘에 실눈을 뜨고 더듬더듬
화장실에 가 볼일을 보고
곁에 와 발굽 눕히는
우리 집 중년의 꽃사슴.
봉긋한 가슴에서 라일락 향 난다.
우리 집 향기의 정체가 아내였다니
눈꺼풀 배시시 웃음 짓는 밤
사는 건 잠결 정도가 좋다.
적당히 꿈에 취해서 가족이나 친구
동료나 이웃 한세상 토닥이고 사는
한바탕 늘어지게 꾸는 일생,
쓸데없이 아웅다웅 불을 켠다.
이곳에서 볼일 볼 때까지
한평생 기지개하다
단정하게 개켜 놓는 인생
힘주고 사는 건 악몽이다.

곁

야트막한 오후 다섯 시의 산책로를
봄날 아침처럼 두 사람이 오릅니다.
검은 뿔테 안경에 갈색 모자
청색 잠바를 걸친 덩치며 운동화며
멀리서 보면 영락없는 쌍둥이입니다.
코스모스 하늘하늘 풍경 일렁이는
한 사람은 팔순 가까운 아버지이고
또 한 사람은 예순 가까운 아들인데
아들은 아버지의 가쁜 숨 살피느라
아버지는 아들의 앞날 기도하느라
그림자 나란히 노을을 갑니다.

서로에게 온전한 곁 내주기까지
누구에게나 긴 시간이 필요합니다.
곁이 얼마나 먼 거리인지
생은 일찌거니 알려 주지 않습니다.

내일

형편이 나아지면
가을볕에 마음 말려야겠다
빨간 날은 감잎차 마시고
아내와 반신욕해야겠다
아내 젖가슴에 핀 감꽃 만지고
헤아려 주지 못한 이마의 주름
연애 시절 아재 개그로 달래면서
부엌살림처럼 바래 온 몸
발끝부터 손끝까지 닦으며
머리 감기고 얼굴 씻길 땐
짝이 되어 줘서 고맙다는 말
홍시처럼 맛나게 들려줘야겠다

고

미뤘던 내일
영정 사진으로 마주한 아내

마니산 자락에서

시험에 떨어지고 온 너
녹차 한잔 하려무나.
경쟁에 몰리고 기대에 차이고
젊음은 을일 때가 흔한 유리잔
마음에 새싹 입혀 가려무나.
직장을 구하고 보금자리 마련해도
내일은 잔 근심 백 리
들러리 설 일 무성한 안개 길.
짐 내려놓고 사뿐사뿐 가거라.
생은 기다림이 많아 까칠한 선물
아홉 번 덖어야 향 가득해지는 삶이니
끝까지 널 응원하는 사람 네가 되어라.

인천에서

인연 맺고 산 지 이십 년
도중에 삼 년 이별했으나
서로 외면하지 않았다.
소식 챙겨 들고 문 두드리면
가물가물 표류하던 기억 정박시키고
다소곳이 마주 앉아 잔 기울였다.
이루고 싶었던 꿈 그물에 펼치면
삶은 구멍 숭숭한 슬픈 만선,
바람이 분다. 철썩 새벽이 출렁인다.
직장을 다니고 가정을 꾸리는 일이
먹이를 찾아 세월을 어슬렁거리거나
헐떡이며 한 시대 소작하는 것일지라도
너와 나 묵묵히 노 저어야 하는 일.
몇 마지기의 실의 걸쳐 입고
찾아가도 월미도처럼 와자하게
신포동 막걸리 사발처럼 싸하게
돛 올리고 나아가야 할 때.

가슴을 기울이는 뜨거운 사랑의 시인
—이성률의 시 세계

이병철(시인, 문학평론가)

　이성률의 시는 오늘날 도시 사회에서 '사람'이 어떻게 왜
소해지는지를 우리에게 증언한다. 자본과 탐욕과 스노비
즘이 과잉되다 못해 터져 넘치는 현대사회에서 인간은 병
들고 슬프고 고독하다. 땅끝 해남서 나고 자라 국제 무역
도시 인천에 정착해 시를 쓰고 있는 이성률은 자기 생애 전
체를 통해 자연으로부터의 분리 및 도시 사회로의 강제적
순치를 겪어 냈다. 이번 시집에서 그는 시종일관 삭막한 각
자도생各自圖生 사회를 날카롭게 비판하고, 거기서 밀려 나
온 아브젝트abject들인 사회적 약자들의 살려는 몸부림을
핍진하게 기록하는데, 이는 그 자신 삶의 생생한 고백이자
스스로를 불꽃으로 삼아 캄캄한 소외의 그늘을 밝히는 거
룩한 희생이기도 하다. 그는 언어 주체로서의 자기 존재를

불태워 금속성 세계에 온기를 일으키려 한다. 사람과 사람의 체온이 어우러져 사랑을 부화시키는 상생을 꿈꾼다.

아침 언덕에서 삼십 년간 버스를 탔습니다
비가 오나 눈이 오나 삼십 년간
반복하는 것은 기계가 하는 일입니다
월급을 타고 집을 마련하고 나이 드는 일이
돌아보니 기계적이었습니다
너는 말이 아니니 서울 가서 사람이 되렴
나를 유학 보낸 아버지는
기계가 된 자식을 알아보지 못해 임종이 편안했습니다
사람 노릇을 할 수 없는 나는 기일에 불효자가 됩니다
살 맞대고 동거해 온 펑크 난 수절
이 땅의 노동은 도무지 정이 안 갑니다
한 우물을 파는 것은 나를 가두는 일입니다
　　　　　　　　　　　—「삼십 년 근속」 전문

위 시의 화자는 "비가 오나 눈이 오나 삼십 년간" "이 땅의 노동"에 헌신했다. 그러나 "한 우물을 파는" "삼십 년 근속"은 노동자에게서 인간의 존엄을 상실시켰을 뿐이다. 상품의 물신성이 신화로 자리 잡은 산업화 근대에서 인간은 언제든 교체 가능한 하나의 부품으로 전락하고 말았는데, '테일러리즘'이나 '포드주의'로 대표되는 생산 제일주의 시스템에서 물건 만드는 기계가 된 '나'는 결국 "사람 노릇을 할 수 없"다는 절망감을 느끼게 된다. 인간을 도구화시켜 인간이 자기 스스로를 비인간으로 여기게끔 하는 이 기계적 노동은 자본가들만을 배불릴 뿐이다. "월급을 타고 집을 마련하"긴 했지만 그것은 노동의 강도에 비해 너무도 값싼 대가다. 산업화 근대로부터 4차 산업혁명 시대인 오늘날까지 "기계가 된 자식"들은 커다란 컨베이어 벨트의 소모품으로 쓰이다 버려진다. 구의역 스크린 도어에서 김 군이, 태안 화력발전소 컨베이어 벨트에서 김용균 씨가, 안양 도로 포장 현장에서 세 사람의 노동자가 목숨을 잃었다. 지금 이 순간에도 수많은 비정규직 노동자와 3교대 근로자들이 희생되고 있다.

고용노동부가 지난해 7월부터 10월까지 넉 달 동안 전국 2만 4백여 개 사업장의 안전 조치 상태를 점검한 결과 64퍼센트에 달하는 1만 3천여 개 사업장이 안전 조치를 위반해 시정 조치를 받았다. 올해 1월부터 시행된 중대재해처벌법 적용 대상인 50인 이상 사업장의 위반 사례는 크게 줄어든 반면 50인 미만 사업장의 위반율은 증가했다. 지난해 12월, 도로 포장 작업을 하던 근로자 세 명이 중장비 롤러에 깔려 목숨을 잃은 안양 사고 현장에는 채 열 명이 되지 않는 근로자들이 작업하고 있었다. 중대재해처벌법이 반쪽짜리 법이라는 말이 나오는 이유다. 효과적 제재라 한들 무슨 소용이 있겠는가? 사소한 안전 조치가 이행되지 않아 근로자들이 목숨을 잃는 현장은 대개 소규모 작업장인 만큼 중대재

해처벌법은 50인 미만 사업장에도 동일하게 적용되어야만
한다. 위 시에서 이성률은 산업 사회에서 도구화되어 버린
한 개인의 사연을 통해 이 세계의 불합리하고 부조리한 구
조를 날카롭게 겨냥하고 있다.

가족을 위해 한몫 잡으려고

어떻게든 돈줄에 줄 서는

아버지는 가 주세요

아들딸이 앵벌이 시킨 것 아니잖아요

못난 것도 아린 것도 쓱쓱

비벼 먹은 유구한 핏줄

철 지난 젓가락 장단처럼 흘러가네요

출출한 단칸방에 키순으로 누워

깔깔거리던 배부른 꿈들이

돈 돈 돈 입에 문 신도시 몰려가네요

치마끈 불끈 젊음 유산시킨 어머니

자식 운운하지 마세요

어미 아비도 몰라보는 낮술이 돈인걸요

잔말 말고 시킨 대로 따라온 길

피차 성형하기로 해요

분가하면 랄랄라 더치페이해요

            —「돈 돈 돈」 전문

"나는 흠가고 해지고 먼지 앉은 자질구레였다"(「새 출발」)
는 자각은 물질문명 사회에서 왜소해진 모든 '소모품' 인간
들의 공통 감정이다. 상품의 물신성이 인간을 도구로 만들
고, 도구가 된 인간끼리 밀치고 넘어뜨리고 짓밟는다. 시
인이 "사시사철 사람들이 알아서 다투고/ 알아서 틀어지고
알아서 배신하는/ 우주에 지구만큼 멍든 별이 없다"(「바야흐
로」)고 일갈하는 것은 이 사회가 "돈 돈 돈" 때문에 "어미 아
비도 몰라보는" 아비규환의 현장인 까닭이다. 경쟁을 부추
기고, 성공 서사만을 강요하는 사회에서 "세상의 모든 집
쌓아올려도/ 리모델링되지 않는 살림살이"에 좌절하는 "막
노동 사람들"(「막노동 사람들」)과 성적을 비관해 "아파트 옥상
에서 뛰어내린 여고생"(「2016. 어느 봄날」)은 모두 경계 밖으로
밀려난 아브젝트들이다. 위 시에서 "어떻게든 돈줄에 줄
서는/ 아버지"와 "치마끈 불끈 젊음 유산시킨 어머니"는 변
방으로 밀려나지 않기 위해 "돈"과 "신도시"라는 획일화된
욕망에 자신들을 내던진다.

　"돈 돈 돈 입에 문" 채 "배부른 꿈들"을 꾸는 충실한 돈의
노예들은 넷플릭스 드라마 《오징어 게임》의 등장인물들을
연상시킨다. 빈부 격차, 양극화 등 세계 공통의 시대적 요
소를 담아낸 것이 이 드라마의 인기 요인이었다. 시청자들
은 드라마 속 캐릭터들에게 자신을 투영했다. 성기훈, 조
상우, 강새벽, 알리, 지영 등 등장인물들은 저마다 생의 벼
랑 끝에 몰려 더는 갈 데가 없는 이들이다. 게임에서 탈락
하면 죽는다는 걸 알면서도 목숨을 건 데스 매치에 참가한

다. 현실에서의 삶이 더 지옥이기 때문이다. 이들은 결국 서로 죽고 죽이는 처절한 싸움을 벌인다.

사채업자에게 신체 포기 각서를 써 주고 어머니의 수술비를 마련하기 위해 게임에 참가한 456번, 공장에서 도망친 외국인 노동자로 고국의 가족들을 먹여 살려야 하는 199번, 북한에 있는 엄마를 데려오고, 보육원에 맡긴 동생과 함께 지낼 방 한 칸을 얻어야 하는 67번……. 현실의 '오징어 게임'도 드라마 못지않다. 자동차들이 쌩쌩 달리는 빗길에서, 컨베이어 벨트가 돌아가는 공장에서, 쇳물이 끓는 제철소에서, 거리 두기로 파리만 날리는 식당에서 우리들의 오징어 게임은 계속된다. 한국 사회의 VIP인 고위 공직자와 정치인들은 저 높은 곳에서 가면을 쓴 채 낮은 데서 벌어지는 비참한 생계의 분투를 웃으며 지켜볼 것이고, 우리끼리 죽고 죽이게 할 것이다.

시청자들은 반드시 살아야 할 이유가 나타난 주인공에 감정을 이입해 그들을 응원하면서, 그들의 생존과 대비되는 탈락자의 죽음에는 무신경해진다. 그동안 자신을 게임 참가자와 동일시하며 세상의 비정함, 돈이 만든 현실의 지옥을 체감해 오던 시청자는 정작 자신이 가면을 쓰고 게임을 내려다보는 VIP와 다르지 않다는 사실을 깨닫지 못한다. 위 시를 읽는 독자 역시 《오징어 게임》의 시청자처럼 결국은 "돈 돈 돈"의 위계에서 상층부에 오르려는 "한몫"과 "돈줄"의 욕망을 성실하게 학습한다. 우리는 우리도 모르는 사이에 자본주의 사회 '게임의 법칙'에 내면을 잠식당한 것이다.

삼십 분이면 가는 길
두 시간 걸릴 때 있다.
소소하게 넘어가던 날들이 어느 날
뒷덜미를 잡고 길 터 주지 않는 날
식탁의 모서리가 정강이를 걷어차고
물이 캑캑 목젖 물고 늘어진다.

사소함은 언제 발톱을 드러내는가.
노동의 이름은 대출이어도 좋고
야근이어도 무방하겠다 싶은 술잔에서
발톱의 뼈대가 울컥인 것을 본다.
줄창 노동자였던 아버지는
직장과 거리에서 오랫동안 사소함이었다.

한 가닥의 말이 하루를 꼬이게 하고
이별에 가속페달을 밟게 하고
사소함이 사소함에 그물을 치는
주목받지 못하는 것들의 단단함
촛불 집회의 뒷심 같은 저 급소.

—「사소한 것들」 전문

자본의 논리가 지배하는 사회에서는 필연적으로 분리와 차별, 그로 인한 소외가 발생하게 된다. 생산성과 효율이 신앙처럼 떠받들어질 때 "사소함"은 좀처럼 주목받지 못한다. 사소함의 다른 이름은 '평범함'이다. "노동"과 "대출"과 "야근"은 신자유주의 시대에 어디에나 편재하는 보통 사람들의 삶이다. 자본은 이 보통 사람들의 삶을, 이들의 꿈을, 주체적 인간으로서의 존엄을 소외시킨다. 돈이 주인이고 사람은 마름이 되는 것이다. 경제활동에 참여하는 보통 시민들도 그럴진대 약자와 소수자들은 어떻겠는가.

　『퇴적 공간』의 저자 오근재는 탑골공원을 비롯한 종로 3가 일대를 사회 중심에서 밀려난 아브젝트들의 집적지라고 했다. 하루 3,000여 명의 노인들이 모여드는데, 가정이라는 집단에서 1차 추방을 당하고, 사회적 변화로부터 2차 추방을 당한 이들이라고 덧붙였다. 추방당해 경계 밖으로 밀려난 이들은 우리가 잃어버린 '이웃'들이다. 얼마 전 종로3가를 걷는데, '송해길' 입구 송해 선생 흉상 앞에 분향소가 설치돼 있었다. 눈길을 끄는 현수막이 보였다. "송해 선생님, 안녕히 가십시오. 함께여서 즐거웠습니다. ―종로 이웃 성소수자 일동". 송해 선생은 퀴어 축제를 옹호하는 등 생전 성소수자들을 편견 없이 환대했다. 그 현수막이 화제가 되어 뉴스에 보도됐다. 그런데 온통 혐오, 분리, 차별의 댓글들뿐이었다. 그날 내 씁쓸한 발걸음은 청계천으로 이어졌다. 밤이면 오색찬란한 빛으로 휘황한 청계천, 전태일 열사 동상 앞에는 초여름에도 두터운 점퍼를 입은 채 바닥에 누워 잠든 노숙인들이 있었다. 무관심과 소외의 그늘이다.

　한국 사회는 물질적 풍요를 이루었으나 사람들의 욕망은 점점 획일화되어 간다. 규격화된 똑같은 아파트, 무채색의 세단 승용차, 연예인이 입었다는 이유로 유행하는 옷, 돌림노래 같은 댄스음악, 성형수술, 남들 다 하는 거, 남들 보기 좋은 거, 남들이 부러워하는 거……. 페이스북과 인스타그램 등 SNS에는 비슷비슷한 삶의 방식과 취향들이 전시되고, 사람들은 그것을 욕망한다. 사람들이 자랑하기 위해 SNS에 올리는 명품 가방, 브랜드 아파트, 비싼 골프채, 풀 빌라에서 즐기는 호화로운 휴가, 명문대 합격, 대기업 입사, 비트코인 수익, 인맥 따위는 모두 사회로부터 학습된 욕망들이다. 그리고 이렇게 학습된, 자본화된 욕망은 어느새 동일성의 원리로 주류에 끼지 못하는 타자성을 배격한다. 밀려난 이들, 약자와 소수자들, 오래된 것들, 이질적 타자를 품지 못한다. 다시, "사소함"의 다른 이름은 타자성과 소수성이다. 우리 사회는 수많은 사소함들, 타자성과 소수성들을 분리하고 추방시키는 중이다.

　　네가 얼마나 예쁜 나무인지는
　　꽃이 피어야 안다.
　　무더운 여름 이웃들에게
　　얼마나 해맑은 그늘 선물할지는

잎 무성해져야 안다.

그러나 네가 얼마나 소중한지는

기다리지 않아도 안다.

존재하는 것만으로 너는

이미 울창한 숲이다.

　　　　　　　　　—「네가 얼마나 소중한지는」 전문

　이 각박하고 삭막한 세상에서 소외당한 이들을 향해 이성률은 환한 위로를 건넨다. 한 그루 나무에게 전하는 다정한 사랑의 말은 성과 제일주의 사회에 경종을 울린다. 사람들은 나무더러 "꽃이 피어야", "잎 무성해져야" "예쁜 나무"라고 하지만, 위 시의 화자는 "존재하는 것만으로 너는/ 이미 울창한 숲이다"라고 말한다. "네가 얼마나 소중한지는/ 기다리지 않아도 안다"는 화자의 타자 윤리는 결코 간단한 것이 아니다. 우리는 실패하고, 실수하고, 넘어지고, 밀려난 이들을 향해 격려와 온정을 베풀지만, 그것은 어느 정도 조건부다. 그들이 재기하고, 뉘우치고, 일어나고, 돌아올 것이라는 기대 심리로 우리는 타인을 연민하지만, 시인은 타인을 향한 사랑에는 그 어떤 조건도 필요치 않다고 역설한다. 그것이야말로 타자에 대한 무한 책임, 레비나스가 말한 아름다운 비대칭적인 관계의 모습이라고 말이다.

　쟁반 위의 사과

마주 앉아 새하얀 인터뷰 한다

사각사각 들리는 말

달콤한 경청을 한다

온몸으로 매달려 빚은 생애

건성으로 듣다 혀 깨물리지 않게

사색이 되어 캑캑거리지 않게

꼭꼭 새겨 넘긴다

소리에 단내가 나는 새들

날개를 두 손 공손히 모으고

경전처럼 사과를 머리 조아려 쫀다

귓등으로 어물쩍 놓치는 문장이 없다

사과가 귤보다 무뚝뚝하다는 건 오해다

누구나 가슴엔 슬픔이 한 질이다

사과를 들고 오물오물 대하는 큰스님

맛있다거나 잘 먹었다 하는 법이 없다

언제나 잘 들었다고 말씀 내려놓는다

—「달콤한 경청」 전문

　타자를 조건 없이 무한 수용하는 시인의 타자 윤리는 '경청'을 통해 구체화된다. 경청傾聽은 '귀를 기울여 듣는다'는 뜻으로 사람이 사람에게 할 수 있는 가장 극진한 공감의 행위다. 청각은 소통의 감각이자 사회적 감각이다. 헬렌 켈러는 "귀가 안 들려서 생기는 문제는 눈이 안 보여서 생기는 문제보다 더 중요하지는 않다고 해도 훨씬 깊고 복잡하다. 귀가 들리지 않는 것은 훨씬 더 지독한 불행이다. 왜냐하면 그것은 가장 필수적인 자극, 즉 언어를 이끌어 내고 생각을 불러일으켜 우리를 지적인 인간 집단 속에 있게 해 주는 목소리의 상실을 의미하기 때문이다. 나는 귀가 들리지 않는 것이 눈이 안 보이는 것보다 훨씬 더 큰 장애임을 발견했다"고까지 말한 바 있다. 듣는다는 것은 곧 공감한다는 것, 사랑한다는 것을 의미한다. 귀를 기울인다는 것은 가슴을 기울인다는 것과 같은 말이다.

"누구나 가슴엔 슬픔이 한 질"이다. 오늘날 현대인들은 공황장애와 불면증, 우울증을 앓는다. 그것을 '도시병'이라고도 부르고, '현대병'이라고도 한다. 옥타비오 파스가 "인간의 신비는 인간이 우주적 질서의 한 매개체, 즉 거대한 협주곡의 화음이며, 또한 자유이기 때문이다. 고통은 불협화음이다. 그리고 의식은 존재의 리듬과 화음을 이룬다"고 말한 것에 주목할 필요가 있다. 현대사회의 질병들은 분리와 간극에서부터 온다. 오늘날 세계가 병든 것은 인간과 자연이 멀어지면서 이 세계가 태초의 생명력을 잃어버렸기 때문이다. 자연이 사라진 자리를 기계문명이 대체하면서 인간과 자연이 서로 상응하던 우주의 조화가 망가져 버린 탓이다. 오늘날 세계는 자연을 상실한 채 자연을 모방하는 인공 자연만을 세워 두고 있다. 유토피아를 흉내 내는 가짜 유토피아, 내용이 사라진 형식주의, 본질 없는 허상 등 시뮬라크르의 세계는 근본적으로 병들어 있을 수밖에 없다.

시인도 마찬가지일 것이다. 편두통과 불면증, 가슴 두 근거림, 이유 없는 무기력증을 앓을 것이다. 그때 그는 병원이나 약국에 가는 대신 "달콤한 경청을 한"다. 마음에 고통이 차오르면 "온몸으로 매달려 빚은 생애"들을 귀로 "꼭꼭 새겨 넘긴"다. 그리고 그때 비로소 "내려놓는" 평화를 획득하게 된다. 자연의 소리가, 타자의 음성이 그의 내부로 흘러들어 혈관의 더께와 생각의 불순물을 깨끗이 씻어 준 것이다. 우리는 좋은 약을 가리켜 '잘 듣는다'고 말한다. 바꿔 말하자면 '잘 듣는 것'이 곧 좋은 약이다. 인간이 자연을 향해, 타자를 향해 귀를 열 때, 그렇게 서로 잘 듣는 화해를 이룰 때 "사각사각 들리는 말"들은 현대 도시 문명의 마음 병을 치유할 약이 된다.

나눠 준 자비가
한 그루의 배꽃만큼이어도
한 가지에 핀 꽃잎만큼이어도
당신은 사랑입니다.
아름드리가 아니라도 사랑의 품은
지구를 푸르게 합니다.
무엇보다도 당신은
예수와 일 촌이 된 겁니다.

─「일 촌」 전문

이웃을 사랑하고 나아가 원수마저도 사랑하라고 한 예수의 가르침이 절실한 시대다. "아름드리가 아니라도 사랑의 품은/ 지구를 푸르게" 한다는 시인의 말은 특히 코로나 팬데믹을 겪으며 타인과의 분리와 단절, 소외와 고독에 지쳐 버린 현대인들에게 희망을 준다.

"서로에게 온전한 곁 내주기까지/ 누구에게나 긴 시간이 필요합니다/ 곁이 얼마나 먼 거리인지/ 생은 일찌거니 알려 주지 않습니다"(「곁」)라고 시인은 말한다. 마음을 전하기란 어렵다. 진심이 누군가의 마음에 둥지를 틀고 작은 새 울음소리를 내기까지 우리는 얼마나 많은 오해와 판단, 어긋남의 빗줄기에 생채기를 입어야 하는가? 진심을 아는 것 또한 어렵다. 저 멀리서 여린 날갯짓으로 희미하게 다가오는 소중한 마음을 뚜렷하게 볼 수 있기까지 우리는 또 얼마나 날카롭고 잔인한 가시들로 그 날개를 다치게 해야 하는지.

우리는 사랑을 베풂에도 '준비'가 필요하다고 착각하곤 한다. 이때 준비란 세상에서 흔히 말하는 성공이라든가 여유라든가 하는 것들이다. 하지만 시인은 사랑에는 그 어떤 준비도, 그 어떤 조건도 필요 없다고 말한다. 대단한 결심이나 실천이 아니더라도, "아름드리가 아니라도" 작은 "사랑의 품"이 이 세상을 "푸르게" 한다는 믿음이 시인에겐 있다. 우리가 이웃을, 타인을 사랑하기로 마음먹는 순간 이미 세상은 아름다워지는 것이다. 완벽히 이해할 순 없을지라도 우리는 완전히 사랑할 수는 있는 사람들이다. 이 시

집을 읽는 우리는 이제 예수와 일 촌이 되었다. 뜨거운 사
랑의 시인과 일 촌이 되었다.